AF233670

ÉMELY BRANTON

OU LA

NYMPHE DE S^{TE}-HÉLÈNE

Par Mme Louise B. M.

PARIS,

IMPRIMERIE DE COSSE ET G.-LAGUIONIE,

RUE CHRISTINE, 2.

1841.

ÉMELY BRANTON,

ou

LA NYMPHE DE S^{TE}-HÉLÈNE.

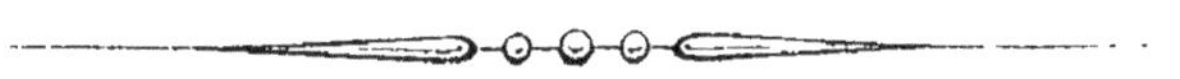

CHANT PREMIER.

Trésor des doux climats, voile moins ta lumière,
Qu'un pur et vif rayon ranime ma paupière.
Hélas! ces lieux affreux corrompent tes bienfaits,
Nature à mes regards refuse ses attraits ;
Jamais un doux printemps n'a charmé ces rivages,
Les vents seuls, en courroux, y portent leurs ravages.

Gravissons, s'il se peut, la cime du rocher.
Vains efforts; respirons!... trop débile nocher;
Ainsi que ton vaisseau, brisé par la tempête
La mort presse ton sein, l'éclair est sur ta tête.

Ainsi de Longwood, s'éloignant à pas lents
Napoléon sentait, au souffle des autans,
Qu'une main créatrice allait briser son œuvre;
L'aigle des nations mourait sous la couleuvre!
L'Eternel l'avait dit!... soumis à ses décrets,
Le grand homme en son sein renfermait ses regrets;
S'appuyant d'une main sur la roche brûlante,
Son regard plonge au loin sur la mer frémissante,
Il semble s'animer! tel, lorsqu'avec ses preux,
Soulevant l'univers d'un vol majestueux,
Il parut aux mortels plus qu'une intelligence
En ramenant la paix, la gloire et l'abondance.
Oui, patrie égarée! il fit pour ton bonheur
Tout ce que l'Eternel voulut mettre en son cœur;
Et si jamais ton nom survit à sa mémoire,
De ces siècles sans nombre écoulés sans histoire,
Qui sans doute suivront le déclin de tes ans,
C'est à Napoléon! il t'illustra vingt ans!....

Une pensée amère oppresse sa poitrine!
On la voit palpiter sous son front qui s'incline;
Ce front, qui du génie éprouva tous les feux,
S'abaisse noblement sous les arrêts des cieux!...

Puis, contemplant ces rocs, cette triste nature,
Qui partout l'environne et n'a point de verdure;
Ses yeux cherchent encore au milieu de ces monts
Quelqu'endroit ignoré, dont l'ombre et les gazons
Lui rappellent le sol de sa chère patrie!
Tel l'aigle au sein des airs prêt à quitter la vie,
Par un dernier regard cherche son noir rocher
Et gémit de tomber sous un ciel étranger.

Enfin, il aperçoit une pauvre chaumière :
Il entre, et sous son toit tout paraît solitaire.
Point de voix ne répond : seulement un jour pur
S'échappe d'une issue où brille un clair azur.
Il s'avance! et bientôt il voit près d'une source
Une jeune étrangère assise sur la mousse ;
Elle vient d'arroser un jardin plein de fleurs,
La sueur de son front se mêle à quelques pleurs;
En longs anneaux épars sa blonde chevelure
Flotte au gré du zéphyr; c'est sa seule parure.
Fraîche comme ses fleurs, son regard vers le ciel
Semble avec confiance implorer l'Eternel!
Ses yeux sont bleus et doux, pleins de mélancolie ;
Tout ce qui l'environne à sa beauté s'allie.
Tout près de la fontaine, inclinés sur ses eaux
Quelques saules pleureurs étendent leurs rameaux.
Sous ce feuillage frais au faible et doux murmure
De cette onde échappée à cette âpre nature,
Elle semble la nymphe embellissant ces bords,
Et sous des rocs brûlants apportant ses trésors.

A cet aspect si doux, un gracieux sourire
Échappe à l'Empereur, puis soudain il soupire,
S'avançant à pas lents, son sublime regard
Contemple avec plaisir les effets du hasard.
Comment vous nommez-vous? quelle est votre famille?
Dit-il avec douceur à cette jeune fille.
Je me nomme Émely. Votre nom de maison?
Ah! mon père? dit-elle, il se nommait Branton.
Vous aimez bien les fleurs, dit-il avec tristesse?
Hélas! dit Emely, c'est ma seule richesse.
De ces géraniums variant les couleurs,
Je vis du seul produit de leurs charmantes fleurs;
Eh! que font vos parents? Hélas! dit-elle émue,
Je suis une orpheline étrangère, inconnue :
Mes parents ne sont plus! Dans la noble Albion
Mon père avait servi; privé de pension,
Il fut chercher dans l'Inde un sort plus favorable,
Mais avant d'arriver, la mort impitoyable
Le ravit!.... O douleur! tu ne fais pas mourir!
Ces jours de désespoir ne devaient pas finir!
    Mourante et sans soutien, ma mère infortunée
Sur ce rocher désert se vit abandonnée;
Un mortel généreux compatit à ses maux;
Lui donna ce jardin près de limpides eaux
Céda cette cabane; et ce lieu solitaire
Eut encor quelqu'attrait pour la pauvre étrangère;
Mais lorsque le Destin poursuit nos tristes jours,
De ses arrêts cruels rien n'arrête le cours;
Mon bonheur devait fuir comme on voit fuir cette onde!
Ma mère, un soir, me dit: Bientôt seule en ce monde,

O ma chère Emely! souviens-toi de mes pleurs,
Promets à mon amour de calmer tes douleurs.
Prends courage, ma fille!... A ces mots elle expire!.....
Vous le voyez, seigneur, j'obéis sans rien dire!
Et sa voix comprimée éclate en longs sanglots....

Napoléon ému prononce quelques mots
Qu'à peine on peut saisir, et puis soudain s'écrie :
« Pauvre enfant, quels destins! comme moi, sans patrie!
« Qu'as-tu donc fait à Dieu? Tu n'as plus un parent,
« Et moi, malheureux père! Ah! je n'ai plus d'enfant[1]! »
A ces mots, un cri sourd, mais déchirant et sombre,
S'échappe de son sein; il recule dans l'ombre,
S'assied, cache sa tête en ses tremblantes mains :
Il pleure, le héros! le plus grand des humains,
Qui put voir sans pâlir la fortune ennemie
Lui ravir sa couronne avec ignominie [2];
Il pleure au souvenir du fils qu'il a perdu,
Ah! pleure! non jamais sur ton cœur éperdu
Tu ne presseras plus l'objet de ta tendresse;
Moments délicieux, trop fugitive ivresse,
Pourquoi rappelez-vous à ce cœur malheureux
Ces instants de bonheur qui nous viennent des cieux?

Cependant avec calme, après un long silence,
Vers la jeune Emely lentement il s'avance,

1 Paroles dites par Napoléon.
2 Par la trahison de ceux qu'il avait comblés de bienfaits.

BIBLIOTHÈQUE ROYALE

Demande un verre d'eau. Ah! dit-il, un grand feu
Dévore ma poitrine; il finira sous peu...
A ces tristes accents, en vain la jeune fille
Veut retenir ses pleurs. Ainsi par la faucille
Lorsqu'un lis est frappé, soudain il se flétrit,
Verse les pleurs de l'aube et son front se ternit.

D'une tremblante main puisant dans la fontaine,
Elle se dit tout bas : Ah! quelle est cette peine
Qui semble surpasser les maux que j'ai soufferts?
Puis elle entend des pas autour de ces déserts,
Et s'empresse d'offrir, avec ce frais breuvage,
Quelques figues, seuls biens de son pauvre ermitage.

Dans cet humble réduit, seul connu des oiseaux,
Qui peut troubler l'écho par des accents nouveaux;
C'est la voix de Bertrand, de cet ami fidèle.
Napoléon l'entend, aussitôt il l'appelle;
Et sa suite à l'instant paraît dans le jardin.
Venez, jeune Emely, dit-il d'un œil serein,
Me cueillir quelques fleurs, pour qu'en cette journée
Le soir rappelle encor sa douce matinée.
A ces mots qu'accompagne un sourire gracieux
La jeune fille alors relève ses beaux yeux,
Cueille en tous lieux les fleurs que ce jour a fait naître,
Y joint quelques lauriers s'élevant sous un hêtre,
Et d'un air attendri présente son bouquet.
O vous! dit l'Empereur à cet aimable aspect,

Qui d'un pauvre exilé soulagez la souffrance,
Bienfaisante Emely, par quelle récompense
Pourrai-je en cet instant m'acquitter envers vous?
Ah! lui dit l'orpheline en tombant à genoux :
Daignez, Sire, à mes vœux accorder une grâce,
Ma mère, hélas! n'est plus! remplacez-la, de grâce ;...
Bénissez son enfant, comme elle l'eût béni!
A ces mots elle attend d'un captif, d'un banni,
Le signe du chrétien sur son front qui s'incline.
Napoléon, d'un Dieu croit à la voix divine.
Il s'avance, et la foi brille dans ses regards ;
Touchant légèrement ses blonds cheveux épars,
Il dit : Je te bénis, ô fille infortunée!
Sois longtemps aux humains, comme en cette journée,
L'ange des doux instants, l'ange consolateur !
Ciel! de ce jeune front écarte le malheur.
Et les cieux à sa voix devinrent favorables.
Mais n'anticipons point sur des faits mémorables.
Le temps, qui dans sa course éteint les passions,
N'avait point achevé l'œuvre des nations ;
Le héros était là!.... seul digne de lui-même,
Plus grand, peut-être encor, que sous le diadème ;
Entouré par des cœurs brisés par ses revers,
Compris par l'innocence et non par l'univers.

D'une tremblante main essuyant une larme,
Il relève Emely, puis lui dit avec charme :
Chère enfant! quelquefois cueillez pour moi des fleurs ;
De cette eau la fraicheur a calmé mes douleurs ;

Apportez-moi souvent ses ondes bienfaisantes;
Adieu, bonne Emely, dans mes courses errantes,
Je reviendrai vous voir, s'il se peut, quelques jours!...
Il dit! puis il s'en fut, et ce fut pour toujours.

CHANT DEUXIÈME.

En rentrant sous le toit de sa pauvre chaumière
L'orpheline a besoin de prier pour sa mère,
Mais en se prosternant auprès de son foyer
Elle entend quelque bruit, puis soudain voit briller :
C'est de l'or déposé sur sa pauvre escabelle,
Sa main l'a fait rouler en s'appuyant sur elle.
Hélas! dit-elle en pleurs, ma mère avec cet or
Eût été mieux soignée; inutile trésor,
Tu rouvres dans mon cœur de trop vives blessures;
Magnanime héros, oubliant tes injures,
Tu combles de bienfaits la fille d'Albion :
L'infortune à tes yeux éteint l'aversion.
O patrie! en ce jour mon front craint la lumière;
Il rougit! Que ne suis-je à ton sein étrangère!
Et ses mains vers le ciel implorent son appui;
Son cœur est oppressé par un mortel ennui;

Il palpite avec peine, et sur ce doux visage
La pâleur a chassé les roses du jeune âge.
O ma mère! dit-elle, avec un saint transport!
Tu veilles sur ta fille encore après ta mort!
Je le sens à mon cœur! oui, sans cesse une mère,
Même après le trépas est encore une mère!...
Sa voix en se brisant redit ces derniers mots,
Interrompus souvent par de profonds sanglots!...

Mais le soir a voilé le flanc de ces montagnes!
Tout est calme au désert dans ces tristes campagnes;
La seule Philomèle, aux lueurs de la nuit,
Soupire ses doux chants vers l'onde qui s'enfuit,
Et la vierge inclinée au bord de la fontaine
Respire du zéphyr la fugitive haleine,
S'embaumant du parfum qui s'exhale des fleurs,
Et portant en tous lieux leurs suaves odeurs.
Simples et doux plaisirs du printemps de la vie,
Que vous passez trop tôt au gré de notre envie.
Délicieux moments, vos innocents loisirs
Ne se présentent plus que dans les souvenirs.

Comme on voit tristement la jeune tourterelle
Retourner à son nid solitaire comme elle.
Ainsi la jeune fille, en cherchant le repos,
Retrouve avec la nuit l'image de ses maux!
Mais Dieu, dans sa bonté, veille sur l'innocence;
Il ramène en son cœur la craintive espérance.

Etend encor sur elle un regard parternel,
Et la vierge s'endort en implorant le ciel !

CHANT TROISIÈME.

Etincelle ou rosée, essence fugitive
Qui naît et disparaît comme un flot vers la rive,
Dont la douce lueur entraîne l'univers,
Fait rêver au bonheur, même au milieu des fers.
Es-tu soleil céleste, à l'âme prisonnière?
Je le crois! sans tes feux elle hait la lumière.
Tu calmes sa douleur dès qu'elle sent ses maux,
Et tu charmes sa vue au delà des tombeaux;
Toujours tu fuis loin d'elle et lui souris sans cesse,
Espérance ! est-ce au ciel qu'on goûte ton ivresse?

Ah! redis dans mes chants par quelle douce erreur
De la jeune Emely tu trompas la douleur;
Redis, que confiante aux ondes de la source,
Chaque aube la voyait en sa rapide course
Devancer le soleil vers un rocher lointain,
Y porter une eau fraîche et les fleurs du matin.

Un jour qu'en s'éveillant, l'aube était plus vermeille,
L'horizon moins obscur, la nature plus belle,
Elle sentit l'espoir se glisser dans son cœur,
Tel un léger zéphyr fait éclore une fleur.
Quel bonheur, disait-elle, en son âme abusée,
Si cette eau peut calmer sa poitrine embrasée !
Ah ! courons; et soudain elle gravit les monts,
Parcourt, sans s'arrêter, les ravins, les vallons;
Arrive à Longwood. O ! douleur imprévue,
Quel aspect désolé vient s'offrir à sa vue :
L'orpheline, en tremblant, demande l'empereur,
Et ne voit sur les fronts qu'une morne stupeur ;
Elle veut lui parler; mais elle est repoussée !
Ah ! dit-elle en pleurant, de sanglots oppressée,
Prenez pitié de moi ! voyez mon désespoir !
Pour la dernière fois je veux encor le voir !
Ah ! ne repoussez pas ma fervente prière !
Plaignez mon infortune et ma douleur amère !

.   .   .   .

.   .   .   .

.   .   .   .

Auprès de l'Empereur enfin on l'introduit,
Il était immobile et semblait endormi;
Sinistre avant-coureur de notre heure dernière;
Froid repos, tu voilais sa brûlante paupière !

Dans cet instant terrible, affreux et solennel,
Où la nature en proie au sommeil éternel,
Se débat sous le poids qui brise l'existence,
Napoléon pourtant rêve encore à la France!
Ouvrez! dit-il, ouvrez! laissez-moi voir les cieux!
Alors vers son pays il tourne encor les yeux!
Se relève en sursaut, et puis soudain s'écrie:
O France bien aimée! ô ma chère patrie!
Reçois mes derniers vœux et mon dernier soupir.
Napoléon mourant garde ton souvenir;
Fasse le ciel qu'un jour tu réclames ma cendre....
Il dit, puis à l'aspect des pleurs qu'il voit répandre,
Il relève les yeux, cherche des traits chéris,
Et son regard s'arrête au portrait de son fils.
O toi, fils adoré! dit-il avec ivresse,
Toi qu'on put arracher à ma vive tendresse!
O mon fils! en ce jour, mes bras, mes faibles bras,
Ne pourront te presser, même avant le trépas!
Il dit, et puis retombe, et sa tête s'égare;
Un délire effrayant de son cerveau s'empare;
Par les convulsions ses membres sont raidis.
On l'entend s'écrier: O ma garde!... ô mon fils!
O France!... ma patrie!... A ces mots il expire.

L'orpheline à genoux suit cet affreux délire.
A ces derniers accents elle tombe sans voix.
Les fleurs qu'elle tenait s'échappent de ses doigts.

BIBLIOTHÈQUE ROYALE

www.ingramcontent.com/pod-product-compliance
Lightning Source LLC
LaVergne TN
LVHW021731030726
842523LV00004B/1356